Weihnachtliche Seelenschmeichler

Weihnachtliche Seelenschmeichler

Fantasy-Weihnachtsgeschichten

Christa Bohlmann

Bibliografische Information der Deutschen Bibliothek:

Die Deutsche Bibliothek verzeichnet diese Publikation in der

Deutschen Nationalbibliografie; detaillierte Daten sind über

<http://dnb.ddb.de> abrufbar.

Titelfoto: Dr. Michael Häckert

Herstellung und Verlag: Books on Demand GmbH.

Norderstedt

ISBN 9 783844 801804

www.bod.de

Inhalt

Vorwort

Christa Bohlmanns Weihnachtsgeschichten?
„Kennste eine, kennste alle", könnte man
meinen. Irrtum! Diese Geschichten sind nagel-
neu und sollen nicht nur meine treuen Leser zum
Weihnachtsfest 2011 erfreuen.

Ein Blick aus dem Fenster des Behandlungs-
zimmers meines Zahnarztes Dr. Michael
Häckert war wohl der erste Impuls für die
„Weihnachtlichen Seelenschmeichler". Ein in
der Nische einer Natursteinmauer sitzender
Frosch mit Krone auf dem Kopf regte meine
Fantasie an und das Märchen von Lisa-Marie
war erfunden. Dr. Häckert spendierte das
passende Titelfoto, das nicht den Frosch,
sondern Lisa-Marie zeigt.

Es kribbelte mir also wieder in den Fingern und ich hielt die Augen für neue Ideen offen. Mal war es ein schneebedecktes Feld, mal eine Postkarte mit einem Engel, der das Umfallen eines Weihnachtsbaumes verhinderte – ich ließ mich inspirieren und begann zu schreiben.
Bis auf eine sind alle Geschichten frei erfunden: Bei „Herz an Stern" erinnerte ich mich an die alljährliche Plätzchenbäckerei.

Ich wünsche jedem Leser ein friedvolles Fest und viel Freude an den „Weihnachtlichen Seelenschmeichlern".

Tannengeschwätz

Zehn Jahre lang stand die Nordmanntanne an ihrem Stammplatz und sie wusste, dass sie in Kürze ihrer Bestimmung zugeführt werden würde: In ein paar Wochen würde sie festlich geschmückt in einer warmen Stube stehen. Zehn Jahre lang war diese Tanne von Harmonie und Eintracht umgeben und wohl gerade deshalb war sie perfekt gewachsen. Nicht zu breit und nicht zu schmal, die Zweige behinderten sich nicht gegenseitig, denn ein Zweig machte dem anderen Platz.

Doch plötzlich war es vorbei mit Friede, Freude, Eierkuchen und ein Konkurrenzkampf begann. Die Zweige begannen erbittert zu streiten, welche Partie des Baumes am wertvollsten sein mochte.

Der obere Teil der Tanne höhnte ziemlich bissig:
„Wir sind das Sahnestück, uns wird man
schmücken und sich an uns erfreuen. Unter
unseren Zweigen wird man zur Bescherung die
Geschenke anordnen. Wer weiß, welche Kugeln,
Kerzen, Äpfel, Strohsterne uns zieren werden?
Eins ist klar, wir werden am besten aussehen!“
Ziemlich hochnäsig schauten sie auf die darunter
wachsenden Zweige.

Die aber wehrten sich gleich: „Wir dürfen schon
viel früher glänzen, denn aus unseren Zweigen
werden die schönsten Adventsgestecke gefertigt.
Immerhin stehen wir während der ganzen
Adventszeit in der guten Stube und wenn wir
Glück haben, sogar noch bis in den Januar hinein. Somit erfreuen sich die Menschen
mindestens vier Wochen länger an uns. Vielleicht werden wir sogar zu einem Kranz ge-

bunden! Ach, es ist so spannend! Eines ist gewiss: Es wird eine wundervolle Zukunft vor uns liegen!" Doch auch diese Partie der Zweige schaute etwas missgünstig auf die unteren Gefährten, die sich nun zu Wort meldeten: „ Meint ihr etwa, wir sind gar nichts wert? Da habt ihr euch aber gründlich getäuscht, denn wir werden am ersten unserer Bestimmung zugeführt und vermutlich werden wir viel länger als ihr existieren!" Sie waren alle sehr erregt und schüttelten sich so heftig, dass einige abgestorbene Nadeln auf die Erde fielen. So sahen sie schon viel frischer und grüner aus. „Aus uns wird man schöne Grabgestecke binden und wir haben den Vorteil, von Ende Oktober bis in den März hinein einen Sinn zu haben. Wir sind an der frischen Luft und schützen in den ersten warmen Tagen das erste zarte Grün der Früh-

jahrsblüher. An uns werden die Menschen lange
Freude haben, denn wir müssen nicht in der
überhitzen Stube vertrocknen."

Die Reaktion kam postwendend aus den beiden
oberen Partien, die sich ausnahmsweise einig
waren: „Wer wird euch schon auf dem Friedhof
sehen? Ihr werdet da abgelegt und das wars.
Keiner kommt in den Wintermonaten auf den
Friedhof, um zu jäten oder zu gießen. Schnee
wird euch bedecken und ihr seid nicht einmal
mehr zu sehen. Euch wird man am ersten
vergessen!"

„Pietät und Takt sind euch scheinbar fremd und
ihr habt noch nie von trauernden Menschen
gehört, die gern und oft ihre verstorbenen
Angehörigen besuchen."

Das Wurzelwerk mit einem Stück des Stamm-
endes unterbrach die Streitigkeiten. „Könnt ihr

nicht friedlich sein? Es geht hier ja schlimmer zu als auf dem Hökermarkt! Ein Stück Schweinefilet meint auch, mehr Wert zu sein als ein Nackenkotelett.. Blödsinn – das Ganze zählt doch, die Einheit. Ohne Nacken könnte das Schwein nicht existieren und es würde gar kein Filetstück geben!

Wisst ihr, was mit mir passiert? Gar nichts nämlich! Ich bleibe in der Erde stecken und werde bald vor und hinter mir, links und rechts von mir neues Leben gedeihen sehen, denn im Frühjahr werden neue Tännchen angepflanzt. Bis meine Zeit gekommen ist und ich vergangen bin, werde ich so manchem Insekt Unterschlupf bieten. Und im Laufe der Zeit werden meine Überreste, die auch eure sind, den Boden düngen."

Die gesamten Zweige mussten eingestehen, dass ihr Streit unsinnig war. Ihre Stimmen wurden wieder ruhiger, doch die Gespräche über ihre Zukunft rissen nicht ab.

„Vielleicht bringt man uns nach dem Abschmücken in den Tierpark oder in den Zoo und die Tiere können uns aufknabbern", meinte der künftige Weihnachtsbaum und der Stamm meldete sich noch einmal zu Wort: „ Ich sehe schon, wie eine starke Männerhand die Zweige abschlägt und mich in handliche Stücke sägt, damit ich im Kamin verbrannt werden kann."
Eine Meise flog über die Tanne hinweg und zwitscherte ihr zu: „Wartet nur ab, es kommt alles so, wie es kommen muss. Es hat keinen Sinn, sich über die Zukunft zu sorgen, die man selbst nicht beeinflussen kann."
Und damit hatte sie wohl auch Recht.

Lisa-Marie und der Frosch

Die siebenjährige Lisa-Marie war jedes Mal
glücklich, wenn sie ihren Großvater auf dem
Weg zur Arbeit begleiten durfte. Als Rentner
hatte der die Gartenpflege bei Dr. Michael
übernommen. Das Haus von Dr. Michael war
nach dessen eigenen Vorstellungen und Ent-
würfen gebaut worden. Es war ein besonderes
Schmuckstück und es gab sicher kein zweites
Haus dieser Art. Der Garten, der das wunder-
schöne Haus umgab, war ebenso liebevoll ge-
staltet worden. Dr. Michael war ein Ästhet, eben
ein Mensch mit viel Sinn und Liebe für alles
Schöne, was sich in Haus und Garten bewies.
Für Lisa-Maries Großvater, Herrn Brauer, gab es
viel Arbeit, denn es waren nicht nur der Rasen
zu mähen und die Hecken zu schneiden. Ein

gewisser Zauber lag in diesem Gartenparadies, das mit zahlreichen Überraschungen aufwartete. Hübsche Blumenbeete wurden in verschiedenen Ebenen angelegt und hier und da lugte eine Putte oder eine Gartenskulptur aus den Büschen hervor.

Dr. Michael hatte immer wieder neue Garten-ideen und setzte diese mithilfe von Lisa-Maries Großvater in die Tat um. Es wurde ein Biotop angelegt, in dem sich Pflanzen und kriechende, schwimmende, hüpfende und fliegende Tiere wohlfühlten.

Eine Lebensbaumhecke war als Windschutz mitten in den Garten gepflanzt worden. Im Sommer nisteten etliche Vögel darin und es herrschte reger Flugverkehr, wenn die Vogel-eltern ihre geschlüpften Jungen versorgten. So manches verwunschen scheinende Plätzchen war

entstanden. Die farbenprächtigen Blüten ver-
strömten einen herrlichen betörenden Duft und
lockten Schmetterlinge und andere Insekten an.
Reizvoll wirkten die kugelig geschnittenen
Büsche, die wie die Orgelpfeifen der Größe nach
einen Weg säumten.

Eine weitere Besonderheit im Garten war eine
leicht geschwungene lange Natursteinmauer, die
Dr. Michael errichten ließ. Bogenförmige
Fensternischen wirkten als Auflockerung der
langen hohen Mauer. In der ersten dieser
Nischen fand ein schmiedeeiserner Frosch mit
einer Krone auf dem Kopf seinen Platz. In den
beiden nächsten platzierte Dr. Michael jeweils
eine Messing-Krone, die im Sonnenschein
glitzerte. In einem großzügigen Bogen legte sich
die Mauer wie eine schützende Stola um einen
steinernen Brunnen.

Lisa-Marie hatte große Freude an dem Frosch, den sie allerdings nicht berühren konnte, so sehr sie sich auch reckte. Sie war einfach noch zu klein. Der Frosch, die Kronen und der Brunnen weckten ihr Interesse am Märchen vom Froschkönig, das sie sich immer wieder vorlesen ließ, bis sie es auswendig aufsagen konnte. Und Lisa-Marie war sicher, dass sie nicht so wie die hochnäsige Prinzessin gehandelt hätte.

Opa Brauer war unglaublich traurig, als sein Sohn aus beruflichen Gründen nach Kanada auswanderte. Natürlich hielt der Großvater Kontakt zu den Auswanderern, doch musste er zugeben, dass ihm die junge Familie sehr fehlte, vor allem Lisa-Marie. Zweimal hatte er seine Lieben in Kanada besucht und mit ihnen eine unvergesslich schöne Zeit verbracht.

Im zauberhaften Garten von Dr. Michael hatte es immer wieder Neuerungen, Veränderungen und Verschönerungen nach dessen Vorstellungen und Ideen durch die Hand von Opa Brauer gegeben. Wenn es die Zeit des Doktors zuließ, legte er Bohrer und andere zahnärztliche Instrumente aus der Hand, um sich dem gröberen Arbeitsgerät zu widmen.

Patienten von Dr. Michael, die etwas Wartezeit im Behandlungsstuhl verbringen mussten und auf die Zahnreparatur durch Meisterhand warteten, konnten einen kleinen Blick in den herrlichen Garten erhaschen. Meistens verblieb es aber, einen Kommentar darüber loszuwerden, weil der Patient schon bald irgendwelche zahnärztlichen Instrumente im Mund spürte, die das Sprechen erheblich erschwerten. Oder es konnte passieren, dass die Angst vor der

Behandlung zu groß war, um ein Auge auf die gebotene Pracht zu riskieren. Die Besucher der Praxis konnten meistens nur einen kleinen Blick auf das Kleinod erhaschen. Den Gesamteindruck konnte nur jemand auf sich wirken lassen, der einmal durch den Garten spaziert war. Aber das war nicht für Jedermann möglich, denn schließlich war des Doktors Garten kein öffentlicher Park.

Es dauerte zehn unglaublich lange Jahre, bis Großvater Brauer zu Weihnachten Besuch aus Kanada bekam. Aus der kleinen Lisa-Marie war ein hübscher Teenager geworden. Mit ihren dunklen braunen Augen und den fast schwarzen langen Haaren ließ sie die Männerherzen höher schlagen. Obwohl sie in Kanada mehr und mehr Abstand zu dem geheimnisvollen Frosch bekommen hatte, zog es sie jetzt doch sehr bald in den Garten von Dr. Michael. Am Vormittag des Heiligabends besuchte sie kurz den Doktor und bat darum, einen Blick in den Zaubergarten werfen zu dürfen. Es war kalt und frostig aber es hatte noch nicht geschneit, obwohl der Wetterbericht Schneefall angekündigt hatte. Der winterliche Garten wirkte reizvoll auf Lisa-Marie, die sich gleich in Richtung Natursteinmauer verdrückte, um den Frosch in Augenschein zu nehmen. Gottlob, er war auch nach zehn Jahren noch an seinem Platz. Lisa-Marie berührte die Figur leicht mit den Fingerspitzen und verabschiedete sich überraschend schnell von Dr. Michael.

Jede Familie feierte den Heiligabend auf traditionelle Weise. Dr. Michael und seine Lieben und auch Großvater Brauer mit Familie besuchten die Christmette in der Kirche. In den letzten Stunden hatte es kräftig geschneit und die Natur hatte ein glitzerndes Weiß über Feld und Flur gelegt.

Dr. Michael wurde am frühen Morgen des ersten Weihnachtstages vom Klingeln des Telefons geweckt. Ein aufmerksamer Nachbar berichtete ihm, dass sich eine weibliche Person äußerst seltsam auf Michaels Grundstück verhalten habe. Als die sich ertappt fühlte, habe sie versucht, sich zwischen den Koniferen zu verstecken. Dann sei sie in Richtung Mauer verschwunden und er habe sie nicht weiter im Blickwinkel gehabt.

Verschlafen rieb Dr. Michael sich die Augen und schaute aus dem Fenster. Er glaubte nicht, was er da sah: Er entdeckte eine Spur im

Schnee, die von der Straße her hinter das Haus an die Mauer führte. Zwei menschliche Fußspuren im Schnee waren deutlich in entgegengesetzter Richtung zu erkennen. Der Frosch, mitsamt Krone und Kugel fehlte, ebenso die Messingkrone aus der zweiten Fensternische. Was um alles in der Welt war da passiert? Noch während Dr. Michael darüber nachgrübelte, klingelt das Telefon erneut. Herr Brauer war am Apparat und richtete auftragsgemäß herzliche Abschiedsgrüße von Lisa-Marie aus, die überstürzt abgereist war. Dann brummelte er immer wieder etwas von einem Weihnachtsmärchen und Weihnachtswunder. Nun ja, Herr Brauer war in die Jahre gekommen. Redete er deshalb heute in Rätseln?

Herz an Stern

Im Gegensatz zu den anderen frei erfundenen
Geschichten aus diesem Büchlein hat sich bei
„Herz an Stern" die Erinnerung an meine Kind-
heit wieder einmal in den Vordergrund gedrängt.
In unserem Haushalt gab es eine riesige Stein-
gutschüssel, die meines Wissens nur zweimal im
Jahr benutzt wurde. Die cremefarbene Glasur
der Schüssel wies außen zahlreiche winzig
kleine Risse auf, doch das war lediglich ein
Schönheitsfehler. An einer Stelle war die obere
Kante ein wenig angeschlagen.
Im Dezember war quasi Hauptsaison für diese
schwere Schale. In den letzten Tagen eines
Jahres stellte meine Mutter eine große Menge
Heringssalat als Silvesterschmaus her. Das war
seit Jahren Tradition und so war es nicht

verwunderlich, dass sich sechs Gaumen auf den bevorstehenden Genuss einstellten.

Anfang Dezember erfüllte diese Schüssel allerdings einen anderen Zweck. Meine große Schwester Rosi und ich freuten uns riesig, wenn es hieß: „Morgen backen wir Braunkuchen", denn wir waren froh und glücklich, weil unsere Mithilfe gefragt war.

Abends zuvor mengte unsere Mutter den Teig in eben dieser Schüssel an und ließ ihn bis zum nächsten Abend, mit Pergamentpapier abgedeckt, auf dem Küchenschrank ruhen. Schon morgens zogen würzige Düfte durch die Küche, die unsere Vorfreude anheizten. Offensichtlich war eine besondere Würzmischung wichtig und auch das Backtriebmittel. Ich glaube, mich an der Namen „Neunerlei" zu erinnern.

Schon immer schleckte ich gerne vom Kuchenteig. Weil für die Zubereitung von Braunkuchen auch dunkler Zuckerrübensirup eine Rolle spielte, setzte Mutter diesen Teig sicher lieber alleine und ungestört und ohne Naschkatzen an. Aber am Abend war es dann soweit. Mutter heizte den Backofen an und stellte drei Backbleche bereit, die wir mit Schweineschmalz einfetteten. Dann streute sie Mehl auf den Küchentisch und schnitt ein Stück von dem zähen Plätzchenteig ab. Mit dem Rollholz bearbeitete sie den Teig, dessen Fläche immer größer und dessen Stärke schließlich millimeterdünn wurde. Zwischendurch streifte Mutters bemehlte Hand über das hölzerne Küchengerät, damit der Teig sich nicht widerspenstig um die Rolle legte. Schon ganz ungeduldig warteten Rosi und ich auf unseren Einsatz. Endlich war es soweit und wir durften die Weißblechförmchen in den Teig stechen. Immer waren wir darauf bedacht, platzsparend vorzugehen. Wir legten eifrig Herz an Stern, dahinter den Halbmond, links davon den fußlosen Vogel. Den flachen Fisch deponierten wir neben dem Zahnkranz und dahinter das „verkehrtrumme S", wir ich es nannte. Das schwanzlose Schwein zeichnete seine Umrisse häufig im Teig ab, denn die Form gefiel uns auch sehr gut. Vorsichtig entfernten wir die überflüssigen Teigreste zwischen den Förmchen, nahmen diese ab und hoben die Teigstücke behutsam auf das erste Backblech, das gleich im heißen Ofen verschwand. Wenn es die Zeit zuließ, formten wir einen kleinen Ringelschwanz und klebten diesen an des Schweines Hinterteil. Nach sieben bis acht Minuten waren die ersten Braunkuchen fertig. Die Kanten, die sich eben bei den Teiglingen noch scharf abgrenzten, waren nach dem Backvorgang eher etwas abgerundet. Die Kekse waren jetzt etwas dunkler als der Teig, aber auch knusprighart. Während der Backzeit waren wir keineswegs untätig, denn es mussten auch die beiden anderen Bleche belegt werden. Es dauerte nicht lange, bis wir ein eingespieltes Team waren. Mutter rollte den Teig aus und wir stachen die Förmchen hinein und füllten das nächste Blech. Dann waren noch die fertigen Kekse vorsichtig vom Blech zu lösen, welches dann wieder eingefettet wurde. Ach, wie duftete es doch lecker in unserer Backwerkstatt! Nach Neunerlei: Zimt und mindestens acht anderen geheimnisvollen Gewürzen.

Zwei große Blechdosen standen für die Lagerung der fertigen Kekse bereit. Ich erinnere

mich noch genau an den Klang, wenn die
hauchdünnen Köstlichkeiten in den Vorrats-
behältern verschwanden.

Abends fielen wir bestimmt müde, aber glücklich in die Betten und träumten von Herzen,
Sternen, Halbmond, Fisch und Vogel. Es war
aber ratsam, die Bauchschmerzen von der
Teignascherei nicht zu erwähnen.

Der rote Weihnachtsstern

Jochen war erst 23 Jahre alt, als er vor vielen Jahren den elterlichen Gärtnereibetrieb übernahm. Viel zu früh war sein Vater nach einem Verkehrsunfall verstorben und nun lag es an ihm, den Betrieb aufrecht zu erhalten. Genau wie sein Vater hatte auch Jochen einen grünen Daumen und Spaß an der Anzucht von verschiedenen Zimmerpflanzen. Kurz vor dem Fest standen Alpenveilchen, Weihnachtskakteen und der stachelige Christusdorn in voller Blüte im Gewächshaus. Jochen freute sich über die herrliche weiße, rosa und rote Blütenpracht, die seine Mutter und die kürzlich eingestellte hübsche Floristin im Laden verkauften.

Ein Seemann hatte Jochens Vater vor Monaten drei Pflanzen von einer Reise mitgebracht. Der

Sailor hatte auch versichert, dass es sich um ganz besondere Blumen handele. Näheres wusste Jochen nicht und sein Vater konnte ihm nichts mehr darüber berichten. Nur soviel konnte Jochen erkennen: Es war eine Wolfsmilchpflanze, leicht zu erkennen an der weißen klebrigen Milch, die sie bei Beschädigung aus Stielen und Blättern absonderte.

Für Jochen waren es lediglich immergrüne Sträucher mit sternförmig angeordneten zart gezahnten Hochblättern und einem leicht verholzten Stamm. Diese drei Blumentöpfe standen Jochen schon lange im Weg, doch brachte er es auch nicht fertig, sie zu entsorgen. Schließlich sollten es doch ganz besondere Pflanzen sein. So stellte der junge Gärtner die drei Töpfe eines Tages einfach unter die Pflanzbänke im Gewächshaus und er vergaß sie.

Amors Pfeil hatte nicht nur Jochen, sondern auch die hübsche Floristin Heidi getroffen. Die beiden Verliebten trafen sich abends zunächst heimlich im Gewächshaus und raspelten Süßholz, was das Zeug hergab. Sie kuschelten und knutschten Abend für Abend in der feuchten Wärme des Glashauses.

Nach einem innigen Kuss fiel Jochens Blick zufällig auf die drei Pflanzen, die er vor Tagen abgeschoben hatte. Er traute seinen Augen kaum, denn die oberen Blätter der Pflanzen hatten sich knallrot verfärbt. Sicher war denen die Schamesröte in den Kopf gestiegen, als Jochen seiner Heidi etwas ganz Frivoles ins Öhrchen geflüstert hatte. Welch ein Segen, denn was wäre die Weihnachtswelt ohne die wunderschönen Weihnachtssterne?

Grete

Schon als Kind bastelte Meike gerne. Diese
Leidenschaft und das Geschick entwickelten
sich erst richtig, als Meike längst erwachsen
war. Ihr ausgefallener Geschmack und die
richtige Fingerfertigkeit waren bei der Aus-
führung ihres Hobbys eine große Hilfe.

Seit ein paar Jahren bastelte Meike
Weihnachtssterne mit verschiedenen Perlenarten
auf vorgefertigte Gestelle und bot diese auf
Weihnachtsmärkten an. Im Laufe der Zeit hatte
Meike sich einen kleinen, aber ständig
wachsenden Perlenbestand angelegt. In ihren
Vorratskästen glänzten nicht nur Rundperlen,
Glasschliffperlen, Glasstifte, Renaissanceperlen
in unterschiedlichen Farben um die Wette. Der
Anbieter dieser glitzernden Winzigkeiten

verlockte immer wieder mit einem neuen Sortiment. Wenn Meike die Grundgestelle nachbestellen musste, stockte sie gleich ihren Lagerbestand auf oder sie leistete sich ein neues Vorlagenheft mit weiteren Anregungen.

Wenn die Tage wieder kürzer wurden, nutzte Meike die Abendstunden, um neue festliche Weihnachssterne aufzufädeln. Um diese kleinen Kostbarkeiten als Geschenkanhänger, Baumschmuck, Tischdeko oder Fenstersterne anzubieten, musste sie eine gewisse Auswahl vorrätig haben. Die Form der Sterne war oft den Schneekristallen nachempfunden, die meisten hatten einen Durchmesser von zehn bis vierzehn Zentimetern. Im Anleitungsheft trugen die Sterne glanzvolle Namen wie „Traum in Blau", „Winterzauber", „Goldrausch" oder „Glamour pur".

Seit einiger Zeit arbeitete Meike ohne Anleitung und ließ ihrer Fantasie freien Lauf. Sie experimentierte, indem sie zwei verschieden große Gestelle aufeinander befestigte. Diese neue Kreation hatte fast einen 3D-Effekt. Wenn sich Meike voller Eifer mit ihrem Hobby befasste, musste sie erst einmal die Mieze Mohrli aussperren, denn Katzenpfötchen hatten sich bei dieser Arbeit nicht gerade als hilfreich erwiesen.

Eines Tages kam Meike auf die Idee, echte Perlen aus der Kette ihrer verstorbenen Tante Grete in einem Stern zu verarbeiten. Richtig glücklich schaute die Herstellerin ihr Pracht-stück an, das aus vergoldeten Rund- Oval- und Stäbchenperlen und eben den Perlen aus Tante Gretes Kette bestand. Durch die echten Perlen wurde „Grete", wie sie den Stern jetzt kurz und knapp, aber liebevoll nannte, auch zum wert-vollsten in ihrem reichhaltigen Angebot.

Grete durfte sich zum ersten Mal im Oktober auf einem Hobby- und Kunsthandwerkermarkt zeigen. Einige Aussteller präsentierten noch ihr Halloween-Angebot, andere zeigten schon ihre weihnachtlichen Bastelarbeiten. Die Besucher des Marktes kamen in Scharen und jeder von ihnen kam automatisch an Meikes Stand vorbei. Wie immer hatte Meike sich viel Mühe für die Präsentation ihres Weihnachtssternsortiments gegeben, das sie in verschiedenen Ebenen auf dunkelblauem Samt dekoriert hatte. Grete bekam natürlich den besten Platz und glitzerte den Besuchern verführerisch entgegen. Doch nun hörte Grete Kommentare der Besucher und die nahm sie sich sehr zu Herzen. Da musste sie hören: „ Mann, ist der teuer! 12 Euro!“ Oder „Den finde ich aber kitschig!“ Einige Besucher betatschten Grete von allen Seiten und meinten, dass das doch ganz einfach wäre, diese Sterne herzustellen. Andere hatten schon, einige wollten nicht...! Mal war Grete zu groß, mal war sie in den Augen der Betrachter zu klein. Doch es gab auch positive Stimmen von Menschen, die Grete richtig cool fanden. Doch die sahen von einem Kauf ab, weil sie noch nicht weihnachtlich eingestimmt waren oder auch weil ihnen das Geld fehlte.

Im Großen und Ganzen war Meike mit den Einnahmen recht zufrieden und sie war fast froh, dass sie Grete vorerst wieder einpacken konnte. Auf dem nächsten Adventsbasar würde die Hübscheste wieder der Blickfang auf Meikes Tisch sein. Vielleicht wartete dort ein echter

Grete-Liebhaber, der diesen wunderschönen
Stern als Weihnachtsbaum- oder Tischschmuck
begehrte.

Grete wartete zuversichtlich auf eine gute
Zukunft.

Flocky

Alljährlich wurden für den Bremer Weihnachtsmarkt Becher für Glühwein, Grog und andere
Heißgetränke auf den Markt gebracht. In jedem
Jahr gab es Becher in einer anderen Farbe. Beim
Kauf eines Getränks mit meist beschwipsender
Wirkung zahlte der Durstige Pfand für einen
solchen hochwertigen Becher. Oder aber er
entschied sich, einen Becher als Souvenir mit
nach Haus zu nehmen – schließlich hatte er
dafür bezahlt.

Im letzten Jahr gab es Becher in einem hellen
weinroten Ton, verziert mit einem großen
grimmig dreinschauenden Nussknacker rechts-
seitig vom Henkel und dem Bremer Rathaus auf
der linken Seite des Henkels. Dazwischen war in
Großbuchstaben zu lesen „BREMER

WEIHNACHTSMARKT". Es sah lustig aus, denn auf einigen Buchstaben lag eine dicke Schneeschicht. Aufgelockert wurde die Dekoration durch viele, viele weiße Schneeflocken auf dem hellen weinroten Grund.

Flocky, einer der Becher, war traurig, denn er hatte Schneeflocken auch auf dem Henkel. Nur er konnte damit aufwarten und wurde deshalb häufig von seinen Mitbechern verlacht. Die allerdings ahnten zunächst nicht, dass Flocky über ganz besondere Fähigkeiten verfügte: Er konnte sich, wenn er wollte, unsichtbar machen. Flocky selbst musste sich selbst erst einmal mit dieser Besonderheit vertraut machen. Es dauerte aber nicht lange, bis Flocky die Vorteile erkannte und nutzte.

Er suchte sich bald die Menschen aus, deren Lippen seinen Becherrand berühren durften.

Kam ein Kunde, dem noch die Kartoffelpufferreste im Bart hingen, machte Flocky sich unsichtbar und überließ einem Mitbecher dieses (Miss-)Vergnügen. Auch Weihnachtsmarktbesuchern, die schon zuviele Grogs intus hatten, wich Flocky geschickt aus.

Für appetitlich aussehende Menschen, egal ob männlich oder weiblich, ob alt oder jung, stand er gern zur Verfügung. Sah er ein hübsches junges Mädchen auf den Tresen zukommen, spielte er sich gleich in den Vordergrund.

Flocky war immer auf der Hut, denn er musste sich unsichtbar machen, bevor er gefüllt wurde, denn sonst verursachte er indirekt ein klebriges Chaos.

Flocky hoffte immer, nicht über den Eichstrich befüllt zu werden, denn dann war Kleckern und Überlaufen mit backiger Folge vorprogrammiert. Der Zauberbecher hatte auch den Bogen raus, wenn es um seine Reinigung ging. Hatte die dicke Marie Dienst, wusste er nur zu gut, dass sie die Becher nur allzu flüchtig spülte. Einmal „Tip-Tip-Tip" durchs lauwarme weingefärbte Wasser, das war nicht sein Ding, denn Lippenstift- und Bratwurstspuren wurden so nicht beseitigt. Da er auch kein Herpes-Verbreiter sein wollte, machte Flocky sich solange unsichtbar, bis die flotte Uschi Dienst hatte, denn die nahm die Becher-Spülerei richtig ernst. Dann fühlte er sich sauwohl und wartete auf neue nette Kunden. Ach, so ein Weihnachts-marktleben konnte wunderschön sein.

Einen Tag vor Heiligabend kam ein gütig aussehender weißhaariger Herr und bestellte sich einen Glühwein mit Schuss. Flocky kam zum Einsatz, denn der Herr gefiel ihm auf Anhieb. Nachdem der Kunde seinen Becher geleert hatte, holte er eine Plastiktüte aus seiner Manteltasche und wickelte Flocky darin ein, nicht wissend, dass er einen Zauberbecher erstanden hatte. Flocky stand jetzt als Sammelobjekt zwischen einem blauen und einem braunen Becher aus den Vorjahren.

Nur ganz selten fühlte er noch, dass er mit Glühwein gefüllt wurde. Seinen Zauber brauchte er auch nicht mehr zu zeigen. Sein künftiges Leben schien doch recht ruhig, vielleicht richtig langweilig zu werden. Doch wer wusste schon, wie es seinen Mitbechern erging.

Einmal zauberte er doch noch. Er flüsterte dem älteren Herrn ins Ohr: „Du kannst auch Kaffee aus mir trinken. Versuche es mal, der schmeckt bestimmt lecker!"

Schon am nächsten Morgen, es war der 24. Dezember, stand Flocky auf dem Frühstückstisch und wurde benutzt. Das wiederholte sich jetzt Tag für Tag, egal, ob Sommer oder Winter war, und darüber war Flocky sehr glücklich.

Wolldecken

Gleich nach ihrem 73. Geburtstag beschloss Gerda, ihr Wohnhaus zu vermieten und sich nach einer Bleibe in einer Seniorenresidenz umzusehen. Diesen wichtigen Schritt hatte sie sich reiflich überlegt. Vor gut zwei Jahren war ihr Mann verstorben und seitdem fühlte sie zuviel Leere in dem zu großen Haus. Geistig war Gerda fit, doch körperliche Gebrechen machten ihr schon zu schaffen. Die Gelenke schmerzten und machten ihr manchmal das Leben schwer. Trotzdem nutzte sie ihre Chance, sich ihren Altersruhesitz selbst aussuchen zu können.

Im Internet hatte sie sich gründlich über die infrage kommenden Residenzen informiert und diese auch in Augenschein genommen. Eine

davon konnte sie bald zum Favoriten erklären.
Kurz darauf machte sich Gerda auf Mietersuche
für ihr gepflegtes Einfamilienhaus mit dem
herrlichen Garten. Erst nachdem sie beide Ange-
legenheiten geregelt und die entsprechenden
Verträge unterzeichnet hatte, präsentierte sie
ihrem Sohn Hartmut und der Schwiegertochter
Lisa ihre Zukunftspläne. Die fielen natürlich
aus allen Wolken, als sie von der Neuigkeit
erfuhren. Wenn sie aber ehrlich waren, mussten
sie zugeben, dass sie sich sehr wenig um die
Mutter gekümmert hatten. Genau konnte Gerda
nicht erkennen, ob die Kinder die Entscheidung
der Mutter für richtig hielten. Jedenfalls halfen
sie und die drei Enkelkinder beim Umzug. Die
drei Enkelkinder studierten an unterschiedlichen
Universitäten und hatten sich vor dem Umzug
auch nicht gerade häufig sehen lassen. Jetzt fiel

für jeden noch etwas Brauchbares aus dem Haushalt der Großmutter ab.

Für ihr kleines neues Reich hatte Gerda sich fast komplett neu eingerichtet. Wichtig war für sie, dass sie in der Residenz über ihren vertrauten Computer verfügen konnte. Auf ihr Auto wollte sie auch in Zukunft nicht verzichten. Es dauert nicht lange, bis Gerda sich in ihrer neuen Umgebung eingelebt hatte. Zwei Wohnungsnachbarn, Erika und Wolfgang, bemühten sich besonders um Gerda, und es entstand sehr bald ein Freundschaftsverhältnis zwischen diesen drei Senioren. Gerda stand hoch im Kurs, weil sie zum einen Auto fuhr. Wolfgang hatte seinen Führerschein wegen seines schlechten Sehvermögens abgegeben und Erika hatte nie über eine Fahrerlaubnis verfügt. Zum anderen schätzten sie an Gerda, wie vertraut ihr das

Internet war. Dank Internet konnten manche Fragen geklärt und viele Information eingeholt werden.

Seit ein paar Tagen befasste sich Gerda in Gedanken mit dem Weihnachtsfest. Seit mehr als 25 Jahren hatte sie ihrem Sohn mit der viermal größer gewordenen Familie ein wunderschönes Fest bereitet. Nicht nur am Heiligabend, sondern auch am ersten Weihnachtstag hatte Gerda ein Festessen zubereitet und ihre Lieben verwöhnt und sie reichlich beschenkt. In den letzten beiden Jahren waren die jungen Leute zur Bescherung gekommen und Gerdas Einladung am ersten Weihnachtstag in ein nobles Restaurant gefolgt. Die Frage, wie das diesjährige Fest verlaufen sollte, ging Gerda nicht aus dem Kopf. Wolfgang und Erika hatte sie ihre Gedanken ums Fest anvertraut und sie war froh, dass die beiden neuen Freunde ihre Sorgen im Keim erstickten.

Am zweiten Advent besuchte Lisa ihre Schwiegermutter und eröffnete ihr, dass sie über Weihnachten eine Reise in die Berge gebucht hatten – nur für sie und Hartmut. Schließlich seien die Kinder ja groß und gingen ihre eigenen Wege. Sie selbst hätten sich doch nach all den Jahren mal ein ruhiges Fest verdient. „ Das verstehst Du doch, Mutti, oder?“, setzte Lisa fragend hinzu.

Gerda verstand, dachte sich ihren Teil und wünschte ihrer Schwiegertochter und ihrem Sohn schon mal ein paar schöne Urlaubstage, nachdem sie sich die Kontonummern ihres Sohnes und der Enkel geben ließ. In diesem Jahr wollte sie die Geldgeschenke nicht mehr festlich verpacken, sondern für jeden einen Betrag überweisen, obwohl ihr dieses Handeln unpersönlich erschien und gegen ihre Natur ging.

Fest nahm sie sich vor, keine trüben Gedanken aufkommen zu lassen, doch insgeheim fragte sie sich nach dem Sinn und Wert von Traditionen. Lisa hätte doch auch einmal das Fest ausrichten können!

Gerda wusste nun Bescheid und bereitete sich geistig auf das erste Weihnachtsfest in der Seniorenresidenz vor, das sie vor allem mit Erika und Wolfgang begehen wollte. Der Paketzusteller hielt in der Woche vor Weihnachten täglich vor der Residenz und lieferte zahlreiche Pakete und Päckchen ab. Gerda bekam nach und nach vier Stück.

Bevor der gemütliche Teil des Heiligabend begann, öffnete Gerda allein nach und nach ihre Pakete. Das erste war von Hartmut und Lisa, die

ihr mit freundlichen Grüßen eine elektrische
Heizdecke schickten. Seufzend dachte Gerda:
„Was ist wichtiger - Herzenswärme oder
Körperwärme?"

Das zweite Paket kam von Gerdas Enkelin Tanja
aus Kiel, die ihrer Oma mit ein paar herzlichen
Zeilen eine flauschige Wolldecke mit Kaschmir-
Anteil schickte.

Tanja studierte in Kiel und hatte nebenbei einen
Job in der Uni-Bibliothek bekommen. Deshalb
konnte sie sich wohl ein recht hochwertiges
Geschenk leisten. Das nächste Paket kam aus
Heidelberg von ihrem Enkel Jens. Ob es wirk-
lich in dessen Sinne war, das Weihnachtsfest
zum ersten Mal nicht in der Heimat verbringen
zu können? Jens schickte ebenfalls eine Decke
als Geschenk für seine Oma. „ Diese schöne
farbenfrohe Patchwork-Decke habe ich für Dich

auf dem Flohmarkt gefunden. Es ist noch echte Handarbeit, hat meine Freundin gemeint“, schrieb er dazu. Gerda schmunzelte, als sie sah, dass die Decke schon reichlich abgenutzt und etwas fleckig war. Da hatte sich offensichtlich vor Jahren jemand viel Mühe gemacht und zahlreiche bunte Häkelquadrate miteinander verbunden.

Als Gerda das vierte und kleinste Paket von ihrem jüngsten Enkel Stefan öffnete, kam eine zusammengerollte Fleece-Decke zum Vorschein. Das Muster war ziemlich gruselig und obendrein hatte Stefan vergessen, den Preis zu entfernen. Immerhin war ihm seine Oma ganze 4,95 Euro wert. Stefan studierte in Göttingen und hatte vermutlich nicht soviel Geld für Geschenke zur Verfügung.

Gerda legte alle Decken in die Kartons zurück und stapelte diese in der Ecke ihres Wohnraums.

Als der gemütliche Teil des Heiligabends begann und sie gemeinsam mit ihren neuen Freunden das Abendessen eingenommen hatte, berichteten sie von ihren Geschenken.

Mit gutem Gefühl konnte Gerda zugeben, dass sie einen harmonischen und völlig stressfreien Heiligabend verbracht hatte. Die neuen Freunde waren ihr sehr wichtig geworden. Kurz vor Mitternacht fuhren alle Drei in Gerdas Wagen zur Christmette. Nach Ende des Gottesdienstes schlug Gerda in der Residenz vor: „Was haltet ihr jetzt von einem Schlückchen Sekt?" Gerne stimmten Wolfgang und Erika zu. Die beiden staunten allerdings sehr, dass Gerdas Ge-schenke, die vier Wolldecken, nicht zu begutachten waren.

„Die lasst man schön in den Kartons, die
brauche ich nämlich noch so wie sie sind. Gleich
nach Weihnachten mache ich Fotos von den
Wolldecken und biete sie bei Ebay an. Mal
sehen, wie viel sie bringen. Von dem Geld
gehen wir uns zusammen schön essen.. Ich lade
Euch dazu ein!", lächelte Gerda verschmitzt.

Vom Stress

Wie in jedem Jahr verlief die Vorweihnachtszeit äußerst stressreich. Wie waren die Menschen vor vielen Jahren noch ganz ohne Stress ausgekommen? Der Stress war noch nicht einmal achtzig Jahre alt, aber in dieser Zeit hatte er sich wie ein Lauffeuer ausbreiten können. Obwohl er weder zu Viren, Bakterien oder Parasiten zählte, wirkte er ziemlich ansteckend. Der ungarisch-kanadische Prof. Dr. Hans Selye hatte sich damals mit dem Phänomen Stress auseinandergesetzt und dabei festgestellt, dass es sich um eine natürliche Reaktion des Körpers auf Druck, Spannung oder Veränderung handelte. Der Professor unterschied Di- von Eu-Stress, er trennte also Gut und Böse voneinander. Durch diesen Professor erhielt der Stress Einzug in das

Bewusstsein der Menschen. Mitte der Fünfzigerjahre war das Wort noch nicht im Lexikon zu finden. Vor ein paar Jahren musste sich der Stress von seinem „ß" verabschieden und an das Doppel-S gewöhnen. Seine Kraft und Stärke konnte diese Veränderung allerdings nicht beeinflussen. Belastungen, Sorgen und Kummer waren ideale Voraussetzungen, um den Stress mächtig wachsen zu lassen.

Und jetzt, ein paar Tage vor Weihnachten, war der Stress selbst in eine gefährliche Stress-Situation gekommen. Er fühlte sich überfordert und es war wohl ratsam, etwas kürzer zu treten, das hatte er erkannt. Was hatte er auch alles zu tun gehabt!? Bei einigen Menschen mangelte es an Zeit, bei anderen an Geld, andere konnten ihre Beziehungskonflikte nicht lösen. Es fehlte den Menschen an Gestaltungsmöglichkeiten und

einigen war die Verantwortung zu groß, die man
ihnen aufgebürdet hatte. Perfektionismus,
Versagensängste, soziale Isolation, Reizüber-
flutung, Überforderung oder sogar Unter-
forderung brachte die Menschen in Stress-
situationen. Und dabei handelte es sich nicht
etwa um positiven Stress.

Er, der Stress, fühlte sich immer rundum
zufrieden, wenn er die Menschen - manchmal
sogar ganz junge - infiziert hatte. Dabei meinten
manche Menschen, der Stress sei so überflüssig
wie ein Kropf. Die Hände hatte er sich gerieben
und sich eins ins Fäustchen gelacht, wenn die
Menschen gereizt reagierten oder sogar
depressiv wurden. Kopfschmerzen, Hörsturz,
Bluthochdruck – das waren Begriffe, die bei ihm
vor Freude positiven Stress auslösten.

Doch jetzt, eine knappe Woche vor Heiligabend, war der Stress nicht mehr leistungsfähig und litt unter allen Symptomen zugleich.

In seiner Not wandte er sich an den Weihnachtsmann und bat ihn um Hilfe. Der traute seinen Ohren nicht – der Stress persönlich bat ihn um Hilfe!!

Für ein friedvolles Fest der Menschen rief der Weihnachtsmann gleich eine Engelsschar zusammen, die darauf spezialisiert war, ausgleichend auf die Menschen einzuwirken. Mit zarten, kaum hörbaren Gesängen berieselten die unsichtbaren Engel die Menschen und verbreiteten Ruhe, Frieden und Harmonie. Gerade noch rechtzeitig vor der Bescherung war der böse Stress von den Menschen abgefallen und sie gingen friedlich und freundlich miteinander um.

Der Stress selbst musste sich erst einmal ein paar Tage lang erholen. Zum Jahreswechsel fühlte er sich wieder fit und war direkt bereit, die Menschen zu infizieren. Er war einfach unverbesserlich!

Der Weihnachtsmann

„Autsch", hörte man plötzlich die tiefe Stimme des Weihnachtsmannes. „Aua, auch das noch!" Er hielt seinen schweren roten Mantel, der ringsum mit einer weißen Pelzkante versehen war, in der Hand. Nach dem letzten Weihnachtsfest wurde der Mantel in die Reinigung gegeben und ausgerechnet er selbst verletzte sich an einer Heftklammer, mit der die Reinigungsnummer befestigt war. Erbarmungslos hatte sich die Nadel ziemlich tief in seinen Zeigefinger gebohrt. Der Weihnachtsmann leckte zunächst die Blutstropfen ab und suchte dann nach dem Verbandskasten. Ein Pflaster? Nein, er griff lieber zum Mullverband und wickelte diesen um seinen verletzten Finger.

Verletzung hin, Verletzung her – es war egal:

Am ersten Dezember war seine Zeit gekommen.

Der Weihnachtsmann machte sich bereit, zog

den Mantel an und die Kapuze über die Ohren.

Der Mantel war ganz schön eng geworden. Ob

der bei der Reinigung eingelaufen war oder ob

er selbst zu gut durch den Sommer gekommen

war? Der Weihnachtsmann schnappte sich

seinen großen noch leeren Sack und die Tasche

mit den wichtigen Unterlagen, stapfte bald

darauf durch den Winterwald.

Das Ziel, den zauberhaften Berg, in dem seit

unzähligen Jahren die Werkstatt seiner Zwerge

eingerichtet war, erreichte er am nächsten Tag.

Zunächst begrüßte der Weihnachtsmann den

Pförtner und hoffte, dass der ihm Einlass

gewährte. Schließlich waren die beiden seit

Jahren gute Bekannte.

Doch denkste, so einfach war das in diesem Jahr nicht. Der Pförtner erklärte: „Einlass in den Berg ist nur noch mit Chip möglich. Alle Zwerge wurden mit einem Chip ausgestattet und nur so können die ihren Arbeitsplatz erreichen."

Der Weihnachtsmann schmollte und er fürchtete schon, dass es kein guter Tag für ihn werden könnte. Seine Stimme klang finster, als er sagte: „Für die Zwerge mag das ja richtig sein, aber ich will jetzt in den Berg, ob mit Chip oder ohne! Jetzt, hörst Du! Dann besorge mir schnellstens so ein Teil!"

Hatte er es nötig, draußen warten zu müssen? „Moment, ich telefoniere mal eben", rief der Pförtner-Zwerg. Grimmig schnappte der Weihnachtsmann ein paar Wortfetzen auf: „Ach so – einen Goldenen! Im Tresor! Dann bringt ihn schleunigst her!" Nach einem Weilchen kam

ein Verwaltungs-Zwerg angerannt, begrüßte
ehrfurchtsvoll den Weihnachtsmann und
händigte ihm einen goldenen Chip für die
Eingangstür zur Weihnachtswerkstatt im Berg
aus. Jetzt war es für den Weihnachtsmann an der
Zeit, sich zu akklimatisieren und auf die Vorweihnachtszeit einzustimmen.

Erst am Morgen des vierten Dezember hatte der
Weihnachtsmann sich soweit erholt, dass er auf
Inspektionstour gehen konnte. Der Duft aus der
Bäckerei zog ihn magisch an. Er begrüßte alle
Bäcker-Zwerge und sah ihnen bei der Arbeit zu.
Einige von ihnen vermengten den Teig, andere
hantierten mit lustigen Förmchen und legten die
ausgestochenen Teigstücke auf die Backbleche,
die nacheinander in Backöfen verschwanden. Es
roch so lecker nach Haselnuss und Mandelkern,
nach Rosinen, Zitronat und allerlei weihnacht-

lichen Gewürzen. Unzählige fertige Stollen und Klaben lagen bereits in den Regalen. Wie in jedem Jahr probierte der Weihnachtsmann von all den Leckereien und manchmal schleckte er auch vom Teig. Alles schmeckte vorzüglich, so wie in jedem Jahr. Die Bäcker-Zwerge hatten ganze Arbeit geleistet. Der Weihnachtsmann bekam vom Naschen allerdings starke Bauchschmerzen und konnte erst am nächsten Tag seinen Rundgang fortsetzen.

Die Poststelle war sein nächstes Ziel. Ihm wurde angst und bange, als er die eingegangenen Wunschzettel sah, von denen einige fast meterlang waren. Dazu kamen noch Berge von Wunschzetteln, die per E-Mail eingegangen waren. Damit konnten die Zwerge noch nicht so recht umgehen und hatten alle Mails zur Vorsicht ausgedruckt, was der Weihnachtsmann für überflüssig ansah. „ Papierverschwendung, nur Papierverschwendung!", murmelte er in seinen Bart. Die Zwerge sortierten und hatten manchmal Mühe, die handgeschriebene Wunschpost zu entziffern.

Morgen war Nikolaustag, an dem der Weihnachtsmann es als seine Pflicht ansah, alle Aktivitäten zu überwachen. Die Hauptarbeit lag an diesem Tag in Nikolaus' Verantwortung, der sich nicht schlecht wunderte, dass der kleine Leon die großen Stiefel seines Vaters vor die Tür gestellt hatte.

Am siebten Dezember stattete der Weihnachtsmann der Zwergendrechslerei seinen Besuch ab. Die Drehbank surrte vor sich hin und die Zwerge verwandelten ein rohes Holzstück nach dem anderen in glatte feine Körper für Weihnachtsengel. Sehr geschickt stellten sich die Flügelmacher an und waren emsig und mit rotglühenden Wangen bei der Arbeit. Einige der fertigen Engel konnten sogar ein Kerzchen in jeder Hand halten.

Am Morgen des nächsten Tages freute sich der Weihnachtsmann schon auf den Besuch der Teddybären-Werkstatt. Die Zwerge nähten Arme, Beine, Köpfe mit Ohren und Körper meist aus bräunlichem Plüsch und verbanden die Teile miteinander und eh man sich versah, stopften die Zwerge die Teddyhüllen mit weicher Watte aus. Einer der Zwerge war seit Jahren Experte für hübsche Teddy-Gesichter. Dem Weihnachtsmann machte es immer wieder Spaß, in den großen Vorratskasten mit unterschiedlich großen Teddy-Augen zu schauen. Er versuchte aber, seine Freude über diesen Anblick zu verbergen. Schließlich war er seriös

und so sollten ihn die Zwerge auch sehen.
Dagegen wunderte er sich darüber, dass sich das
Aussehen der Teddys im Laufe der Jahre nur
wenig verändert hatte. Er lobte die Helfer dieser
Abteilung für ihre gelungene Arbeit, die Ergeb-
nisse stapelten sich in den Regalen – getrennt
nach Größe und „mit Brummton" oder „ohne".
Schon abends freute sich der Weihnachtsmann
auf den nächsten Tag. Der Plan sah die Be-
sichtigung der Abteilung für Spielzeug-Eisen-
bahnen vor. Als der Weihnachtsmann den Raum
betrat, fiel der Blick gleich auf einige Zwerge,
welche die Loks herrlich bunt bemalten. Am
schönsten war für den Weihnachtsmann allerdings die Teststrecke, auf der die Züge ihre
Proberunden drehten. Mit leuchtenden Augen
hielt er die Fernbedienung in der Hand und ließ

die Züge kreisen oder auch mal aus Jux entgleisen.

Wenn alle Tests zufriedenstellend ausgefallen waren, verpackten die Zwerge Loks und Waggons in Geschenkverpackungen. Der Weihnachtsmann grinste sich in seinen Bart, als ihm der Oberzwerg noch einmal die Fernbedienung überließ und lachte: „Ho ho Ho, der Zug läuft ja wie geschmiert!"

Am zehnten Dezember besuchte der Weihnachtsmann die Glasbläserei. Erfahrene Zwerge bliesen farbiges Glas und formten daraus Kugeln und Glöckchen. Helfer verpackten den bunten Weihnachtsschmuck. Manchmal ging es in dieser Abteilung nicht ohne Scherben ab. Gerade rutschten einem Lageristen-Zwerg gleich drei Kartons aus der

Hand und das zarte Glas zerbrach in viele kleine Stücke.

Am nächsten Morgen besuchte der Weihnachtsmann die Abteilung, in der die Zwerge Bilderbücher herstellten. Das dortige Leben und Treiben war ihm bekannt, doch das Bild, welches sich ihm heute bot, belustigte ihn sehr: Ein Zwerg im weißen Kittel, der allerdings auch einige bunte Farbspritzer aufwies, saß vor einer Staffelei und versuchte, ein Bild zu malen. Ihm gegenüber saß ein grimmig dreinschauender Zwerg, der krampfhaft einen farbenfrohen Gockelhahn festhielt. Das „Modellstehen" war dem Hahn bislang fremd und deshalb wehrte er sich mit zahlreichen lautstarken „Kikerikis". Der Meistermaler hatte das Bild zum Glück fast vollendet, sodass sich die Lage bald wieder entspannen würde.

Andere Zwerge sortierten die fertig bemalten Seiten mit schönen bunten Tiermotiven. Einer von ihnen verschwand schnurstracks in der Druckerei und ein anderer transportierte die gedruckten Exemplare in die Buchbinderei.

Am zwölften Dezember stand die Musikinstrumentenwerkstatt auf dem Programm. Hier bastelten viele fleißige Zwergenhände die verschiedensten Instrumente. Nicht nur Blockflöten und Geigen, nein auch Trompeten und Zieh- und Mundharmonikas wurden hier gebaut. Und alle Instrumente mussten natürlich auch gestimmt werden, bevor sie verpackt wurden. Dadurch ergab sich so manches schräge Konzert, das den Weihnachtsmannohren nicht gut gesonnen war. Er lobte die Zwerge dieser Abteilung in

höchsten Tönen, verschwand dann aber lieber,
um sich etwas Ruhe zu gönnen.

Am nächsten Morgen stand der Weihnachtsmann frühmorgens in der Malerei auf der Matte.
Die Holzfiguren aus der Drechslerei wurden
hier bemalt. Es war ein lustiges Bild, denn
Engel, Tannen, Nussknacker, Nikoläuse und
verschiedene Tiere standen nebeneinander und
warteten auf den Farbanstrich. Alles lief wie am
Schnürchen, denn jeder Zwerg war für eine
andere Farbe zuständig. Gerade wurde der
„Blau-Zwerg" von seinen Kollegen kritisiert,
weil er immer über die Ränder hinweg malte.
Erst wenn der Anstrich einer Figur komplett
war, wurde sie zum Trocknen vor den riesigen
Kachelofen gestellt, bevor sie vorübergehend im
großen Regal Platz nahm.

Noch abends freute sich der Weihnachtsmann auf den nächsten Tag, denn da wollte er den Puppendoktor besuchen. Wehmütig konnte man hier die Veränderung im Laufe der Jahre besonders deutlich spüren. Herzlich begrüßte der Weihnachtsmann den Puppendoktor-Zwerg, der einen Spitzbart und eine Brille mit dicken Gläsern auf der Nase trug. Früher wurden viele Puppen mit abgetrennten Armen oder Beinen zur Reparatur abgegeben, die der Doc als Experte wieder komplettierte. Repariert wurden heutzutage nur noch Einzelstücke. Die Puppen-Zwerge bastelten gertenschlanke Barbies, die in einem riesigen Regal verstaut wurden. Darüber leuchteten Puppen in rosafarbener Kleidung. In dieser Abteilung war einfach alles rosa, so dass der Weihnachtsmann schon nicht mehr hin-schauen mochte. In einem anderen Regal

lagerten haarlose Puppen, die mit prallen
Bäckchen durch den Klarsicht-Deckel der
Verpackung grinsten. Der Puppendoktor und
der Weihnachtsmann waren sich einig: Früher
spielten die kleinen Mädchen noch mit ihren
Puppen. Manchmal wurden die Puppen damals
eben auch kaputt geliebt oder gespielt. Heute
waren die Puppen für die kleinen Mädchen eher
Sammelobjekt und wurden einfach ausgetauscht,
wenn ein Kratzer daran zu finden war. In diesem
Jahr wollte der Weihnachtsmann genau hin-
schauen, welches kleine Mädchen er mit einer
Puppe beglücken würde. Die Mädchen aus
ärmlichen Verhältnissen wollte er bevorzugt
beschenken, das hatte er sich vorgenommen.

Lustig ging es am nächsten Tag in der Abteilung
zu, in der Figuren für das Kasperle-Theater

geschnitzt und bemalt wurden. Hochbetrieb herrschte nicht gerade, aber hier waren die Zwerge besonders fröhlich. Ihre Zeit ließ es zu, mit den geschnitzten Kasperle-Figuren Theater zu spielen. Ein paare Zwerge, die für die Bekleidung der Kasper-Figuren zuständig waren, spendeten den Akteuren reichlich Applaus. Am sechzehnten Dezember inspizierte der Weihnachtsmann die Tischlerei. Die Tischler-Zwerge fertigten vorwiegend Puppenstuben oder auch gleich ganze Puppenhäuser mit mehreren Etagen. Winzig kleine Möbelstücke wurden hier gebastelt. Hammer, Hobel, Säge und Feile kamen zum Einsatz und jeder kann sich vorstellen, wie präzise hier gewerkelt wurde. Die Tischlerei- Zwerge waren schon fast alle im Rentenalter und die Nachwuchssorgen für diese Abteilung war längst kein Geheimnis. Alle

74

wussten, dass die hier hergestellten Artikel von denen aus Kunststoff vom Markt verdrängt wurden.

Der Countdown lief: Noch acht Tage, dann war Heiligabend. Am diesem Tag stattete der Weihnachtsmann der Schneiderei seinen Besuch ab. Die allerschönsten Jacken, Kleider, Blusen und Hosen wurden hier genäht, nach Größen sortiert und verpackt. Vorherrschend waren in der Mädchenabteilung die Farben lila und rosa. In der Jungen-Abteilung waren die Farben doch eher gedämpft. In etlichen Karomustern für die kleinen Hemden fand sich aber auch hier die Farbe lila wieder.

Am nächsten Tag besuchte der Weihnachtsmann eine ganz besondere Abteilung. Obwohl es recht appetitlich duftete, waren die Produkte weder für

Menschen noch für den Weihnachtsmann oder die im Berg arbeitenden Zwerge vorgesehen. Krüge mit Sonnenblumenkernen, Nüssen, Mohn und Sesamsamen standen bereit. Die Vogelfutter-Zwerge erhitzten Fett und gaben die Körner und Kerne hinzu. Aus der noch weichen Masse formten die kleinen Hände Kringel und Knödel. Andere Zwerge stopften das Vogelfutter in Behältnisse zum Aufhängen, aus denen die Vögel die Leckereien picken konnten. In den Regalen stapelten sich viele verschieden Sorten von Vogelhäuschen, die in der Tischlerei hergestellt wurden. Wie seit Jahren schon beglückte der Weihnachtsmann nicht nur die Menschen, vor allem die kleinen, sondern auch die hungernden Vögel.

Am neunzehnten Tag zog der Weihnachtsmann sich besonders warm an, denn heute blieb er

draußen im Wald und sah den Weihnachtsbaum-
Zwergen bei der Arbeit zu. „Ritze-Ratze, ritze-
ratze" vernahm er die angesetzten Sägen aus
verschiedenen Richtungen und auch mancher
Axthieb war zu hören. Er überhörte das leise
Fluchen der Zwerge, denen beim Fällen der
Bäume trotz Schal mal wieder eine Ladung
Schnee hinten in den Nacken gefallen war. Der
Mann im roten Mantel begutachtete die gefällten
Bäume und nickte zufrieden, denn nur die
schönsten Exemplare sollte in den Weihnachts-
stuben stehen.

Am zwanzigsten Dezember schmückten die
Zwerge die bestellten „Weihnachtsbäume mit
allem Drum und Dran". Geschickt behängten die
kleinen Wichtel die Tannen mit Kugeln,
Sternen, Lametta und Kerzen. Ein Teil der

Bäume wurde sogar mit Backwerk, Nüssen, Äpfeln und Schokoladenkringeln geschmückt.

Der Weg führte den Weihnachtsmann am nächsten Tag in den Neubau der Weihnachtswerkstatt. Im letzten Jahr wurde es im Berg zu eng und deshalb wurde neuer Platz geschaffen.

Mit gemischten Gefühlen betrat der Weihnachtsmann die große Eingangstür mit der Aufschrift „Logistik-Center". Die hier beschäftigten Zwerge waren im letzten Jahr noch in der „Packerei", doch die Abteilung gab es nicht mehr.

Der Weihnachtsmann kam aus dem Staunen kaum heraus und traute seinen Augen kaum. Bis unter die Decke gefüllte Regale wurden systematisch geleert, um die Wünsche der Kinder zu erfüllen. In Windeseile sausten kleine wendige Gabelstapler durch die unzähligen

Gänge. Scheinbar war hier das Postleitzahlen-
programm übernommen worden, um den
Zwergen die Arbeit zu erleichtern.

Alles lief wie am Schnürchen, weil die Wichtel
äußerst konzentriert arbeiteten. Wenn der
Weihnachtsmann ehrlich war, musste er zugeben, dass diese Neuerung tatsächlich eine
Erleichterung war.

Gleich nebenan fand er am nächsten Tag die
Import-Abteilung. Im Laufe der Jahre
wünschten sich die Kinder mehr und mehr
Dinge, die nicht von den Zwergen im Berg
hergestellt werden konnten. Er vernahm viele
fremde Stimmen, denn ein paar Zwerge
telefonierten noch in den Abteilungen China,
Taiwan und Indien und mahnten dringend die
allerletzten Lieferungen an. Wie gut, dass die
meisten Sachen verpackt blieben, denn es

flimmerte dem Weihnachtsmann schon vor lauter Kitschfarben vor Augen. Es roch hier auch so fremd! Jetzt war es zu spät, doch er nahm sich gleich nach dem Fest eine Überprüfung der Materialien vor. Es wäre ja noch viel schöner, würde gerade er giftiges Zeug unter den Tannenbaum legen.

Abends genoss der Weihnachtsmann noch einen leckeren Glühwein und ging früher als sonst ins Bett. Er musste am Morgen des Dreiundzwanzigsten ausgeschlafen sein, denn jetzt begann seine Hauptarbeit, die ihm keiner abnehmen konnte. Wie gut, dass er so viele Helferlein an seiner Seite hatte. Er machte sich mit ein paar Zwergen auf den Weg, um wenigsten schon einen Teil der Gaben zu verteilen. Es war einfach nicht alles am Heiligabend zu schaffen.

Nach einem anstrengenden Tag und einer kurzen Nacht verteilte der Weihnachtsmann am Heiligabend die Geschenke und beglückte unzählige Kinderherzen. Wie in jedem Jahr bewegte ihn der Glockenklang in der klaren kalten heiligen Nacht. Als auch das letzte Paket seinen Schlitten verlassen hatte stapfte er durch den hohen Schnee in die Weihnachts-Werkstatt im Berg zurück, um mit den Zwergen die Geburt vom Jesuskind zu feiern. Die Wichtel hatten ein leckeres Essen gekocht. Auf den Tischen standen unzählige Zwergenteller und ein ganz großer, der für den Weihnachtsmann.

Schnee

Es hatte kräftig geschneit - fast einen ganzen Tag lang. Auf der Straße kämpfte gerade der Schneepflug gegen die Schneemassen an. Die schabenden und klappernden Geräusche kamen von der Westseite des Hauses, verursacht durch den Schneeschieber, mit dem der Vater die Auffahrt zur Garage frei schaufelte. Sein Blick fiel nur kurz auf das große weiße Feld, das hinter dem Haus lag. Er hatte genug vom Schnee und rieb sich die rechte Schulter, die ihm nach der ungewohnten Arbeit schmerzte.

Seine Frau schaute verzückt aus dem Fenster und war von der weißen unberührten Pracht auf dem Feld beeindruckt. Es hatte aufgehört zu schneien und die Sonne versuchte, sich ein Plätzchen zwischen den Wolken zu ergattern.

Durch dieses Licht entstand ein wundersamer Glanz auf der Schneeoberfläche auf dem riesigen Feld hinterm Haus.

Die sechzehnjährige Tochter nahm ebenfalls die große weiße Fläche zur Kenntnis. „Weiß – die Farbe der Unschuld", ging ihr durch den Sinn. Sie lächelte verträumt, dachte an ihren Schatz, an das Geheimnis, das sie mit ihm teilte und sehnte sich in seine Arme.

„Och, wie langweilig!", dachte der zehnjährige Sohn des Hauses. Nur kurz verspürte er das Bedürfnis, diese makellose Schneefläche, die noch keinerlei menschliche oder tierische Fußspuren vorweisen konnte, zu zerstören. Er zog es vor, sich vor den Computer zu hocken und sich in der warmen Stube zu lümmeln.

Die kranke Großmutter in der oberen Wohnung dachte beim Anblick des weißen Feldes. „Seht nur, das Leichentuch ist schon ausgebreitet.“ Ein Reh stand am Rande des Feldes und zögerte, die weiße Fläche zu betreten. Keine Frage, hier war zur Zeit nichts Essbares zu finden. Wohl deshalb verschwand es wieder von der Bildfläche und suchte das Weite im Wald.

Wie auch immer, egal was jeder dachte: Morgen würde ohnehin alles Schnee von gestern sein.

Julia

Wie schon in den Jahren zuvor war die Stimmung im Hause Huber an der Bergstraße zwei Tage vor Heiligabend nicht gerade harmonisch. Herr Huber wollte unbedingt einen neuen Christbaumständer kaufen, so einen modernen mit Seilzugspannung. Frau Huber bestand auf den traditionellen Ständer, den ihr Großvater einmal selbst hergestellt hatte.

Sicher, Herr Huber musste zugeben, dass dieser Ständer etwas fürs Auge war - praktisch und vor allem standfest war er jedenfalls nicht. Die Umrandung der hölzernen Standplatte stellte einen kleinen Gitterzaun dar. Platte und Zaun waren grasgrün gestrichen und die Zaunspitzen hatten ein weißes Häubchen, die aussahen, als läge Schnee darauf. In der Mitte der Platte war ein mickriger uralter Christbaumständer befestigt, der schon seit Jahren Mühe hatte, den Baum zu halten. Dabei waren Frau Hubers Ansprüche immer gestiegen – von Jahr zu Jahr kaufte sie einen größeren Christbaum. Dann überließ sie ihrem Gatten das Befestigen und das Schmücken des Baumes.

Mona und Lisa, den beiden Töchtern der Hubers blieb die Disharmonie im Hause trotz ihrer acht und neun Jahre nicht verborgen, und sie hofften auf baldige Verbesserung der Weihnachtsstimmung.

Vater Huber hatte fast ein Kunstwerk vollbracht. Er hatte den Stamm der Tanne zurecht gesägt, damit er in die viel zu kleine Öffnung des Ständers passte. Danach wurde der Baum liebevoll von ihm geschmückt. Der Baum war so hoch, dass Huber Mühe hatte, den Stern trotz

Leiter an der Spitze zu befestigen. Doch dann
war alles fertig und Huber betrachtete voller
Stolz sein Werk. Kerzen, Strohsterne, gläserne
Kugeln, bunte Glöckchen, kleine Vögelchen und
noch vieles Schöne mehr schmückte den dies-
jährigen Baum.

In der Zwischenzeit hatte Frau Huber den Tisch
im Nebenraum festlich gedeckt. Jetzt war es erst
an der Zeit, sich auf den Weg zu machen, um die
Christvesper nicht zu verpassen.

Mona und Lisa spürten genau, dass sich die
Harmonie allmählich wieder ausbreitete und die
Eltern sich mit sanfteren Tönen unterhielten.

Nach dem Kirchenbesuch würden die Eltern die
Verbindungstür öffnen und so könnte gleich
nach der Bescherung in der guten Stube das
festliche Weihnachtsmahl im Nebenraum eingenommen werden.

Weder Vater noch Mutter Huber, oder die beiden Mädchen nahmen wahr, dass der Engel Julia durch die Tür schlüpfte, als sie das Haus verließen.

Julia, das war ein besonderer Engel, der seit Jahrhunderten am Heiligabend noch einmal durch die Weihnachtsstuben schwebte, gute Gedanken und herzliche Wünsche und vielleicht sogar etwas Sternenstaub verteilte. Eigentlich war diese Aufgabe in der heutigen Zeit nicht mehr angebracht, aber Julia konnte es eben nicht lassen. „Jubilar" sagten die anderen Engel scherzhaft zu Julia, denn die hatte gerade ihr fünfhundertstes Jubiläum feiern können.

Julia sah genau, dass im Hause Huber ein Malheur passieren wollte. Der wunderschön geschmückt Christbaum neigte sich bedenklich zur Seite. In aller Eile riss Julia sich die bordeauxrote Jubiläumsschärpe herunter und schwang diese über die Baumspitze, um den Baum im oberen Drittel in der Senkrechten zu halten.

Schweben, fliegen – all das war in den vielen Jahren nie ein Problem für Julia gewesen. Doch nun flog sie auf der Stelle und ließ ihre Flügel wie zwei Propeller rotieren. In beiden Händen hielt sie die Enden der Schärpe, um den Fall des Baumes zu verhindern. Wenn sie nur ein wenig nachließ, zeigte sich der Baum umgehend zum Fallen bereit. Oh, war das anstrengend! Julia hörte schon die hämischen Rufe ihrer Mitengel: „ Jubilar, weshalb bleibst du nicht gemütlich auf deiner Wolke sitzen und überlässt den Jüngeren das Feld." Es kam ihr so vor, als verbrächte sie die längste Stunde ihres Lebens. Mit hochrotem Kopf hielt sie tapfer das Band im Standflug. Das sollte ihr erst einer nachmachen. Einmal dachte sie schon ans Aufgeben, aber dann hatte sie wieder den Ehrgeiz, durchzuhalten. Durchzuhalten, bis Huber zurückkam.

Dann endlich war es soweit: Julia hörte, wie sich der Schüssel im Schloss drehte. Huber betrat die gute Stube, um die Kerzen anzuzünden. Gerade in diesem Moment verließen Julia die Engelskräfte und die Enden der Schärpe glitten ihr aus den Händen. So kam es, wie es kommen musste: Der Baum fiel! Fiel auf Huber und begrub diesen fast unter seinen Zweigen. Mutter Huber sah das Unglück und bekam ein schrecklich schlechtes Gewissen. Sie befreite ihren Gatten, der von Baum, Lametta, Kugeln und Kerzen bedeckt war. Mona und Lisa maulten: „Wann ist denn endlich Bescherung?"

Frau Huber versprach Herrn Huber ganz fest, dass er gleich nach Weihnachten einen neuen Christbaumständer kaufen sollte.

Herr Huber triumphierte innerlich, doch das zeigte er nicht und so zog er es vor, noch etwas zu schmollen.

Julia schnappte sich ihre Schärpe und bevor sie ziemlich flügellahm hinausschwebte, warf sie noch eine Handvoll Sternenstaub direkt auf die Hubers, bei denen sich gleich darauf eine friedliche Weihnachtsstimmung ausbreitete.

Seufzend gestand Julia ein, dass die jüngeren Engel Recht hatten. Ihr Tun und Handeln war überholt. Weshalb hatte sie sich so fürchterlich angestrengt? Umsonst, denn der Baum war ohnehin gefallen – eben nur eine Stunde später.

Julia rieb sich den schmerzenden Flügelansatz und schwebte sinnend ihrer gemütlichen, weihnachtlich geschmückten Wolke entgegen.

Christa Bohlmann
geb. 1945, verheiratet, Bankkauffrau
seit Jan. 2008 im Ruhestand

Bereits veröffentlicht:
2000 **Erinnerungen**
Es ist im Leben nie zu spät, wenn endlich
dir ein Licht aufgeht.
Heitere Schmunzelgeschichten aus den
50er/60er-Jahren
Eigenverlag

2001 **Mixed-Pickles**
Anekdotensammlung:Wirkliches,
Erlauschtes. Erlebtes, Erdachtes
Eigenverlag

2002 **Kein Schatten ohne Licht**
Diagnose Brustkrebs
BoD ISBN 3-8311-4268-8

2003 **Die Buschs**
Blicke hinter die Kulisse einer Kleinstadt-
Idylle, Roman
BoD ISBN 3-8311-4926-7

2005 **Kalle Korn**
Aus dem Leben eines Ermittlers, Roman
BoD ISBN 3-8334-2589-X

2006 **Bad Meinberg – einmal anders gesehen**
Fantastische Erzählung
BoD ISBN 9-783837-024462-3

2009 **Weihnachtliche Herzenswärmer**
Wahre und fantastische Kurzgeschichten
BoD ISBN 9-783839-13269-2

2010 **Weihnachtliche Wintermärchen**
Fantastische Kurzgeschichten
BoD ISBN 9-783842-30652-3